L'ex

Chantal Crétois est née à Barbezières en 1955. Après avoir travaillé pendant quatorze ans comme inspectrice des Affaires sanitaires et sociales, elle se consacre maintenant à plein temps à... ses cinq enfants. Elle arrive parfois à leur échapper pour écrire des histoires. Mais elle revient bien vite leur lire ce qu'elle a inventé. Ses livres sont parus chez Castor Poche. Elle travaille régulièrement pour Bayard Presse.

Bruno Pilorget est né en 1957 à Vannes. Après deux ans aux Beaux-Arts de Lorient, il décide de ne faire que ce qui lui plaît, c'est-à-dire dessiner. Et cela lui réussit puisqu'il a déjà illustré plus de soixante livres pour les enfants parus aux éditions Gallimard, Cascade, Rageot, Casterman et Milan. Sa fierté ? C'est d'avoir pu conserver une qualité de vie exceptionnelle en habitant au bord du golfe du Morbihan avec sa femme, illustratrice elle aussi, et ses enfants.

Bayard Éditions est une marque
du département Livre de Bayard Presse
ISBN 2. 227. 72719. 5

L'exploit de Gara

Une histoire écrite par Chantal Crétois
illustrée par Bruno Pilorget

BAYARD ÉDITIONS

1

Gare au bison !

Gara serra la fourrure de son vêtement autour de son cou. Comme il faisait froid dans ce petit matin de fin d'hiver !

Pourtant, ce n'était pas la température qui faisait frissonner le garçon… Ce jour-là, pour la première fois, avec son ami Ourec il accompagnait les chasseurs de la tribu. Gara et Ourec venaient d'avoir douze ans, et cette chasse au bison était pour eux le premier pas dans le monde des adultes.

Tous se dirigeaient vers un vallon où les grands animaux avaient été repérés.

Gara avait déjà vu les bisons de loin, avec leurs épaules terrifiantes. Mais aujourd'hui, il allait falloir les affronter, au risque d'être renversé, piétiné…

Il crispa ses poings autour de son propulseur et de sa sagaie*. Il se demandait s'il aurait la force de manœuvrer ses armes…

* La sagaie est une longue lance. Le propulseur est une baguette terminée par un crochet : on le plaçait à l'arrière de la sagaie pour la pousser avec plus de force.

Il n'eut pas le temps de se poser plus de questions. Soudain, alors qu'on ne l'attendait pas, une énorme bête avait surgi devant eux. Son meuglement emplissait l'air. Le bison chargeait les hommes de toute la puissance de son grand corps massif.

Les chasseurs se replièrent précipitamment et Gara se mit à courir, courir, le cœur battant à tout rompre dans sa poitrine.

Il pouvait sentir dans son dos le souffle chaud de l'animal.

Ses jambes tremblaient, et pourtant elles battaient l'air, vite, si vite… tellement vite et tellement longtemps qu'il parvint au campement de sa tribu.

2

La honte de Gara

Gara s'avança au centre du campement. En le voyant, Dimba, sa mère, s'effraya :

– Qu'y a-t-il, Gara ? Où sont les chasseurs ? Sont-ils tous morts ?

– Non… Non…

Gara était si essoufflé qu'il ne réussissait pas à parler.

– C’est… C’est le bison, un bison énorme. Il courait derrière moi. Je ne pouvais pas rester là où nous étions…

Dimba répondit d’un ton de reproche :

– Tu aurais dû escalader un rocher ou grimper à un arbre. Tu sais bien qu’il ne faut pas attirer le bison vers notre campement…

– Mais il y a le feu pour lui faire peur, il n’aurait pas osé approcher !

Dimba se récria :

– Réfléchis un peu, Gara ! Quand tu étais petit, restais-tu assis près du feu ?

Gara baissa la tête tandis que sa mère poursuivait :

– Tu sais bien que les enfants ne tiennent pas en place. Ils auraient pu être piétinés par le bison ! Et les femmes qui s'éloignent du campement pour aller chercher du bois, as-tu pensé à elles ? Tu nous as tous mis en grand danger, Gara !

Le cœur du garçon se serra. Dimba ajouta d'une voix inquiète :

– Ton père te châtiera, sois-en sûr !

Gara se mordit les lèvres : sa mère disait vrai... Mirc, son père, serait furieux contre lui... Mirc qui avait été choisi comme chef parce qu'à l'âge de treize ans il avait tué un ours deux fois plus grand que lui !

La voix de sa mère le tira de ses pensées :

– Gara, va vite, mon enfant ! Plus tu tarderas, plus la colère de ton père sera grande !

Une lueur de terreur passa dans les yeux de Gara. Retrouver les chasseurs, c'était aussi retrouver le bison. Mais ne pas y aller, c'était le déshonneur et la promesse d'un châtiment qui pourrait être terrible.

Gara repartit d'un pas lourd vers le lieu de la chasse. Il jeta un dernier regard en direction de sa mère qui tentait, par un sourire rassurant, de lui redonner un peu de courage.

3

Une terrible punition

Quand Gara arriva enfin auprès de ses compagnons, Mirc, son père, achevait la bête d'un coup de lance. Le bison s'effondra lentement, tandis que son sang se répandait sur le sol.
Alors, les hommes poussèrent un cri de joie.

Puis le dépeçage* commença. Personne n'avait adressé la parole à Gara. Ymorg, le plus ancien chasseur de la tribu, était le plus habile à défaire les bêtes. C'est lui qui accomplissait ces gestes à chaque fois pour reconstituer des réserves de viande. Les hommes se serrèrent autour de lui.

* On découpe la viande de bison en morceaux.

Gara se tenait à l'écart, tête baissée, n'osant pas se mêler au groupe joyeux. Seul Ourec se taisait. De temps à autre, Gara croisait son regard. Et dans les yeux de son ami, malgré l'excitation de la première chasse, il lisait une tristesse semblable à celle qu'il ressentait.

Gara enfonça ses ongles dans ses paumes. Qu'allait-il devenir ? Son père le bannirait-il de la tribu ? Le jeune garçon avait entendu raconter par Ymorg l'histoire de telles punitions. Et il frémissait à la pensée que… Non, ça n'était pas possible ! Comment pourrait-il survivre seul, loin de sa tribu ?

Les réflexions de l'enfant furent interrompues par un cri de Mirc qui donnait le signal du départ. Chacun s'apprêtait à se saisir du quartier de viande qu'il devait rapporter au campement. Ymorg, lui, se chargeait de la peau.

Gara s'avança pour prendre sa part du fardeau. Mais son père l'écarta fermement du bois de sa lance, sans même le regarder.

Le cœur de Gara se défit lentement. C'était fait, il n'existait plus. Il n'y avait plus de Gara. Personne ne le voyait. Personne ne le verrait plus. Ourec le regardait encore furtivement, mais Gara était sûr que son ami aussi l'oublierait bientôt.

Lorsque le groupe de chasseurs se mit en marche, Gara resta en arrière. Il s'affaissa doucement et des larmes coulèrent de ses grands yeux noirs.

4

Chassé de la tribu !

Ce fut la faim qui rappela le jeune garçon à la réalité. Il releva la tête. Il devait maintenant vivre et se débrouiller seul, même si c'était très difficile sans les autres.

Son arme à la main, il partit à la recherche d'un endroit où s'installer.

Il marcha longtemps, presque jusqu'au coucher du soleil, sursautant au moindre froissement de branches, scrutant au loin chaque mouvement de feuilles.

Sans qu'il s'en rende compte, ses pas le portèrent vers un endroit qu'il connaissait bien… « La caverne ! songea-t-il. C'est tout près d'ici qu'était notre campement, l'hiver dernier… »

Et les souvenirs de ces temps-là lui revinrent en mémoire. Ils avaient tant joué, Ourec et lui, durant la saison passée dans ce campement ! Ils avaient tant rêvé ensemble de devenir de grands chasseurs et d'abattre rennes et bisons.

Gara se souvenait aussi que cette caverne se prolongeait par une grotte. À l'approche du printemps, un ours réveillé d'une longue hibernation pouvait en surgir, toutes griffes dehors. C'était dangereux de s'installer ici.

Mais cet endroit était bien protégé du vent et Gara ne se sentait pas capable pour l'instant de se construire lui-même un abri.

Il lui fallait d'abord allumer le feu qui éloignerait les bêtes sauvages et le réchaufferait. Il ramassa donc autour de son refuge du bois, des brindilles, des feuilles et des herbes sèches.

Puis il s'agenouilla dans la caverne et il se souvint des gestes d'Ymorg. Car c'était Ymorg, le vieux chasseur, qui rallumait le feu à chaque fois que la tribu arrivait à un nouveau campement. Comme lui, Gara choisit avec soin les morceaux de bois qu'il allait utiliser. Il en perça un de la pointe de sa sagaie. Puis il piqua dans ce trou un petit bâton pointu, qu'il commença à rouler entre ses deux paumes.

Il travailla longtemps, le front mouillé de sueur et les mains douloureuses. Mais lorsque la nuit tomba, un feu joyeux chantait dans la caverne.

Gara s'assit, le ventre creux. Il essaya de ne pas penser à sa famille, à son père si fâché contre lui, si déçu, à sa mère qui devait pleurer sans bruit... Malgré sa tristesse, il s'endormit d'un coup.

5

Un ami fidèle

Gara fut éveillé le lendemain par une douleur au côté gauche : la faim le tenaillait. Elle le poussa hors de son abri, la sagaie et le propulseur à la main, vers le ruisseau qui coulait un peu plus bas.

Le soleil était haut dans le ciel lorsqu'il revint à la caverne. Il courait ; il était si pressé de faire cuire et de manger le tout petit poisson qu'il avait réussi à pêcher après de longs efforts.

Mais il s'arrêta brusquement à l'approche de sa caverne. Il avait perçu un cri :

– Gara ! Gara !

C'était Ourec qui l'appelait ! Il avait deviné que Gara se réfugierait dans cet endroit qu'ils aimaient tant tous les deux !

Gara ne répondit pas à l'appel de son ami. Il se refusait à entendre parler de sa famille et de la vie heureuse d'autrefois. Et surtout, il préférait cacher sa honte.

Pourtant, quand Ourec s'éloigna, la tête baissée et les pieds lourds, Gara faillit bondir derrière lui et le rappeler.

Mais il retint son élan et il remonta lentement vers la solitude de sa caverne.

Quand il y entra, une chose enveloppée dans une peau d'animal attira immédiatement son regard : deux morceaux de viande... Ourec lui avait apporté à manger !

Le cœur de Gara battait à tout rompre. Ourec avait deviné où il avait pu se réfugier, il avait senti sa présence bien que Gara ne se soit pas montré…

Et il était allé jusqu'à dérober de la viande pour lui, au risque d'être surpris et durement puni. Ourec…

Gara se sentait indigne d'une telle amitié… Dans un élan, il tira de son vêtement deux cailloux brillants qu'il avait ramassés dans la rivière au cours de sa pêche.

« Si Ourec revient, pensa-t-il, il trouvera mon cadeau à la place où il a déposé cette nourriture. »

Mais Ourec reviendrait-il ?

Les jours suivants passèrent sans que son ami se montre. Gara mangeait si peu qu'il sentait les forces lui manquer. Enfin, un matin où il se sentait plus faible que jamais, son ami arriva à la caverne. Gara se cacha bien vite et Ourec ne le vit pas. Mais il sourit en découvrant les cailloux brillants et il posa à leur place un morceau de viande.

Heureux de ce message d'amitié, Ourec se rendit aussi souvent qu'il le put à la caverne de Gara. Elle avait beau être distante d'une demi-journée de marche du campement de la tribu, cela ne le décourageait pas.

Gara refusait toujours de se montrer. Mais il n'oubliait pas qu'Ourec le sauvait par ces ravitaillements. Pour le remercier, il prit l'habitude de lui laisser un cadeau, une plume chatoyante*, un bracelet de mousse dentelée…

* C'est une plume dont les reflets changent de couleur quand on la bouge.

Peu à peu, Gara devint plus habile. Le temps d'une lune* s'était écoulé depuis son arrivée à la caverne, et il réussissait maintenant à attraper les poissons du ruisseau.

Il capturait parfois des oiseaux grâce aux pièges qu'il savait tendre depuis sa petite enfance.

* Un mois.

Il était même parvenu à tuer des lapins d'un coup adroit de sa longue sagaie. Il avait de moins en moins besoin de l'aide d'Ourec pour se nourrir, mais il attendait ses visites avec la même impatience. La venue de son ami rompait l'intense solitude de sa vie et lui faisait oublier un peu sa tristesse.

Cela faisait à présent deux lunes que Gara avait quitté les siens. Le printemps approchait et la température devenait chaque jour plus douce.

6

Le combat

Un jour, en revenant de la chasse, Gara vit une ombre s'agiter au fond de la caverne. Il comprit tout de suite : c'était un ours sortant de son long sommeil.

Le regard de la bête était fixé vers un recoin où était blotti, terrorisé, un jeune garçon… Ourec ! Ourec était désarmé, sa lance gisait aux pieds de l'animal !

Gara bondit à l'intérieur de la caverne en poussant un cri terrible pour détourner l'attention de l'ours. La bête se retourna aussitôt et s'avança vers Gara, la gueule largement ouverte. Gara cria à nouveau :

– Pars, Ourec ! Va-t'en !

Les yeux noirs de l'animal flamboyaient. Gara chercha à se protéger en bondissant derrière le feu. Ourec voulut le rejoindre. Gara hurla encore :

– Va-t'en ! Va-t'en !

L'ours marqua un temps d'arrêt, hésitant

entre les deux garçons. Gara en profita pour tirer une bûche enflammée du foyer.

Il la brandit face à la bête qui rugit et tenta de donner un coup de patte dans le bras de l'enfant. Celui-ci se recula et lança alors la bûche de toutes ses forces.

Une odeur âcre de poil brûlé emplit l'air. Et la surprise de l'ours permit à Gara de jeter un coup d'œil autour de lui. Il eut un soupir de soulagement : Ourec était parti. Il était

maintenant hors de danger. Gara se retrouvait seul face à l'ours. Il brandit sa sagaie, prêt à un nouvel assaut.

Il était temps, car son adversaire se ressaisissait. Mis en rage par la douleur, il se précipita, tentant de contourner le feu qui le séparait encore de Gara. Mais soudain les lourdes pattes battirent l'air et l'animal tomba à terre, se débattant dans la souffrance : la sagaie du garçon l'avait atteint au ventre.

Gara voulut l'approcher, mais tout à coup, la gueule énorme se projeta vers lui, et elle le fit reculer d'un bond. L'enfant attrapa la lance d'Ourec, puis il revint vers la bête. Et lorsque de nouveau les mâchoires pleines de dents acérées s'écartèrent pour le happer, le garçon enfonça son arme dans la grande gorge rouge.

Un flot de sang jaillit, éclaboussant Gara qui se mit à crier de terreur. Il avait tué l'ours, mais tout tournait dans sa tête ! Ses yeux se fermèrent doucement, et ses jambes se dérobèrent sous lui.

7

Gara, fils de Mirc

Quand Gara se réveilla, il n'était plus seul. Mirc, son père, le regardait avec fierté. Lorsqu'il vit que le jeune garçon avait ouvert les yeux, il dit d'une voix vibrante de tendresse et d'orgueil :

– Allez, mon fils, on rentre…

– Et Ourec ? chuchota Gara.

Mirc sourit :

– Il est légèrement blessé à la jambe. Malgré cela, il a couru tout au long du chemin pour chercher du secours. Mais il se remettra vite, ne t'inquiète pas.

Le père aida son fils à se mettre debout. Puis, de ses bras puissants, il le souleva lentement pour le montrer aux hommes assemblés autour de lui, et il s'écria :

– Voilà Gara, fils de Mirc !

Gara revenait victorieux ! Sa déroute honteuse était effacée ! Le cœur de Mirc débordait de joie et de fierté.

Gara comprit tout d'un coup qu'il venait de renouveler l'exploit de son père. Il était devenu un vrai chasseur : un chasseur qui n'abandonne pas ses compagnons dans la lutte contre l'animal, un chasseur qui ne prend pas le risque d'attirer les bêtes vers les femmes et les enfants. Ses lèvres tremblaient

d'émotion. Il pensa à Ourec, qui lui était resté fidèle même dans la honte et qui l'avait sauvé de la faim. Sans lui, aurait-il trouvé le courage d'affronter l'ours ?

Mirc reposa son fils à terre sous les acclamations des chasseurs et, se penchant vers lui, il lui glissa à voix basse :

– Ne tardons plus, Gara, ta mère t'attend… Elle sera si heureuse de te serrer dans ses bras ! Elle a été si triste et si inquiète…

Mirc n'ajouta pas que lui-même avait cruellement souffert de devoir ainsi punir son propre fils. Sa main se posa sur l'épaule du jeune garçon et ils se mirent en route vers le camp.

Gara marchait d'un pas léger. Il allait retrouver sa place auprès des siens dans la tribu. Et, surtout, il allait revoir Ourec, son ami, qui jamais ne l'avait oublié !

Dans la même collection
J'aime lire

UN DIABLE AU GARAGE GROG

Pour s'amuser, un diable sème le désordre dans la ville. Tout le monde est agacé par ses diableries. Hector, un jeune mécanicien très malin, découvre la cachette du diable et lui vole ses cornes. Mais le diable a plus d'un tour dans son sac, Hector aussi.

Une histoire écrite par Évelyne Reberg et illustrée par Michel Guiré-Vaka.

LA CHARABIOLE

Petites lunettes, cartable ciré : Quentin Corbillon est un élève modèle. Il sait tout, il a 20 en tout, et il révise même ses leçons pendant les récréations. Bien sûr, la maîtresse le chouchoute... Jusqu'au cours de mathématiques où Quentin répond que les triangles ce sont des « chioukamards à gloupions... ». Depuis ce jour-là, Quentin ne parle plus que dans un incroyable charabia que personne ne comprend. Professeurs, parents, docteurs, tout le monde s'affole. Comment guérir Quentin de cette drôle de maladie ?

Une histoire écrite par Fanny Joly et illustrée par Claude et Denise Millet.

LE BOULANGER DE ROC-NOIR

Il y a deux siècles, sur l'île de Roc-Noir, Isabelle, la petite orpheline, construit une cabane dans les dunes avec ses amis… Une cabane si réussie qu'ils décident même d'y dormir. Mais Daniel, le fils du boulanger, vient les avertir qu'un fantôme à la tête coupée rôde la nuit sur la plage, au pied de la citadelle où le redoutable gouverneur de l'île tient enfermés ses prisonniers. Seule Isabelle se sent prête à affronter le danger…

Une histoire écrite par Guy Jimenes
et illustrée par Yves Beaujard.

LE ROYAUME DES DEVINETTES

Obo est un garçon si laid que personne ne veut l'aimer. Mais il joue si bien de la flûte qu'un vieillard le met au défi de délivrer Or, la divine princesse prisonnière du roi Riorim. Ce roi, mi-homme mi-crapaud monstrueux, coupe la tête de tous ceux qui ne savent pas répondre à ses terribles devinettes... Heureusement, sous la laideur d'Obo se cache une grande intelligence. Et dans sa poche, il a sa flûte...

Une histoire écrite par Évelyne Reberg
et illustrée par Mette Ivers.

DOCTEUR WILLY

Willy est le chien du docteur Elvire Carpentier. Un chien apparemment normal, qui ronge les meubles, chipe les biftecks et fait pipi sur le tapis les jours de pluie. Mais voilà qu'un matin le docteur Carpentier tombe malade. Là, brusquement, tout change. Pendant que sa maîtresse est au fond de son lit, Willy enfile la blouse blanche, reçoit les patients, manie le stéthoscope, le thermomètre et signe même les ordonnances d'un coup de patte. Sacré Willy ! S'il n'est pas un chien comme les autres, il n'est pas non plus un docteur comme les autres...

Une histoire écrite par Elfie Donnelly
et illustrée par Frédéric Stehr.

UNE NUIT AU GRAND MAGASIN

Béatrice et Michel ont horreur des grands magasins. Ce jour-là, catastrophe ! Le temps d'aller se laver les mains, Papa et Maman ont disparu. Où sont-ils passés ? Vite, les enfants cherchent la sortie. Trop tard. Le magasin ferme, tout se vide, tout s'éteint. Les voilà prisonniers. Bien sûr, ils peuvent manger plein de bonnes choses au rayon alimentation. Ils ont le rayon jouets pour eux tout seuls. Et des lits au rayon literie. Mais soudain, au milieu de la nuit, ils entendent quelqu'un marcher. Qui est là, avec eux, dans ce magasin tout noir ?

Une histoire écrite par Joan Phipson
et illustrée par Boiry.

LE SECRET DE GRAND-GRAND

Boris adore son grand-père, Grand-Grand, un vieux monsieur plein de fantaisie qui connaît mille histoires, mille chansons et réussit les tours de magie comme personne. Le choc n'en est que plus terrible lorsque, peu de jours avant Pâques, Grand-Grand disparaît. La famille est aux cent coups. Boris est si triste qu'il n'a pas le cœur d'aller en vacances dans la maison de Grand-Grand. Il préfère partir chez sa marraine, loin : en Provence. C'est là qu'un soir, à contrecœur, il se laisse entraîner au cirque...

Une histoire écrite par Yvon Mauffret
et illustrée par Henri Fellner.

LA MISSION D'AMIXAR

Ce 24 juillet 2854 est une belle journée pour Luce et son frère Phipo. Ils ont gagné le gros lot de leur émission de télévision préférée : un robot-nounou ultra-perfectionné ! Dès le lendemain, Amixar est chez eux. Quel formidable compagnon : il connaît cinq mille jeux, dix mille histoires, et prépare même de délicieux dîners. Jusqu'au soir où les parents de Luce et Phipo lui confient la maison et les enfants pour partir à un concert sur la Lune. C'est alors qu'Amixar révèle la face cachée de sa personnalité programmée... Robot-nounou ou robot-filou ?

Une histoire écrite par Nicolas de Hirsching
et illustrée par Martin Berthommier.

Achevé d'imprimer en février 1996 par OBERTHUR Graphique

35000 RENNES - N° 36

Dépôt légal éditeur n° 2369 - Mars 1996

Imprimé en France